24196

LE REGNE

DE

LA BIENFAISANCE;

ET

LA FÊTE DE SAINT LOUIS,

ODES,

*Suivies d'une Epître sur l'Oisiveté des Riches, &
d'une autre sur les Poëtes du temps;*

Par M. HOLLIER.

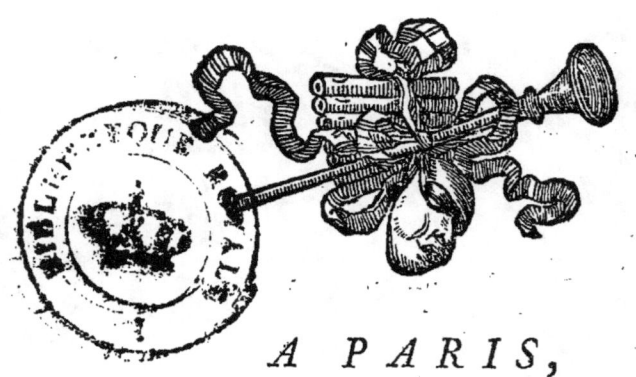

A PARIS,

Chez L. JORRY, Imprimeur-Libraire, rue de la Huchette,
près du Petit-Châtelet.
Et chez les Marchands de Nouveautés.

M. DCC. LXXIX.

(3)

AVERTISSEMENT.

Les deux Odes que je présente au Public n'ont point été composées cette année. La première fut commencée avant le combat d'Oueffant ; la guerre alors étoit allumée dans presque toute l'Europe, & continuoit à dévaster l'Amérique, tandis que la France jouissoit d'une profonde paix, comme elle en jouit encore intérieurement, grace aux soins vigilans de notre sage Monarque. J'ai cru devoir donner cet Avertissement au Lecteur, parce que cette Piece renferme quelques allusions à ces circonstances & aux événemens qui les ont suivi. Elle a concouru au Prix des Stances, proposé ordinairement par l'Académie de l'immaculée Conception de Rouen, & a eu un *Accessit* ; je l'ai retouchée depuis. Quant à l'Ode sur la Fête de Saint Louis, c'est un de mes premiers Ouvrages. L'Epître sur l'Oisiveté, qu'on trouvera à la suite, a été commencée en Province où je n'ai pu voir, sans être saisi de quelque indignation, le repos honteux dans lequel languissent un grand nombre de jeunes gens qui, favorisés de la fortune, négligent les Arts & les Sciences, pour se livrer à des plaisirs futiles , & finiſſent ſouvent par entraîner leur ruine avec celle de toute leur famille. Je n'implorerai point ici l'indulgence des Critiques en faveur de ces premiers eſſais : je ſais que les Ariſtarques du Parnaſſe n'ont pas moins de ſévérité envers les jeunes prétendans, qu'envers ceux qui ont blanchi dans la lice poétique ; c'eſt par-là ſans doute que les Muſes acquierent de véritables favoris. Ainſi je m'attends qu'on me fera connoître avec franchiſe les défauts auſſi-bien que les beautés qui pour-roient ſe rencontrer dans mes vers. J'ai dans mon porte-feuille pluſieurs autres Pieces de Poéſie dont je pourrai faire part au Public , ſi celles-ci lui ſont agréables.

LE REGNE

DE LA BIENFAISANCE,

O D E.

Comme une Isle paisible au milieu des orages,
Qu'excite la fureur des rapides Autans,
O France ! inaccessible aux troubles, aux ravages,
La gloire & le bonheur comblent tes habitans.

Trois fois l'astre des cieux, d'une aimable verdure,
Est revenu parer nos fertiles climats ;
Trois fois de l'Aquilon la piquante froidure
Nous a , du Nord glacé, ramené les frimats ;

Et , le glaive à la main, le Démon de la guerre,
Dans un autre Univers guidant ses bataillons,
N'a pas encor cessé d'y ravager la terre,
Et de morts entassés d'y couvrir les sillons.

A iij

L'ANGLOIS, l'Américain, l'Ottoman & le Ruſſe,
Expirent ſous la foudre en leurs champs déſolés,
Et l'Elbe a déjà vu l'Autriche avec la Pruſſe,
Du ſang de leurs ſoldats rougir ſes flots troublés.

DURANT le cours affreux de ces fureurs ſanglantes,
Toi ſeule as vu fleurir l'olive de la Paix;
Les Lys ont relevé leurs tiges languiſſantes,
Et leur auguſte éclat brille plus que jamais.

L'HABITANT des Hameaux, tous les ans, avec joie,
Recueille les tréſors cultivés par ſes mains,
Et n'a pas la douleur de voir ſes champs en proie
A la voracité des ſoldats inhumains.

DÉJA ce peuple fier, tyran du nouveau monde,
Qui s'enorgueilliſſoit de l'empire des mers,
Voyant nos pavillons dominateurs de l'Onde,
Rugit comme un lion détenu dans les fers.

MAIS tandis qu'il exhale une impuiſſante rage,
Nos agiles vaiſſeaux, élancés de leurs ports,
Volent dans ces climats, que ſa fureur ravage,
Et reviennent chargés des plus riches tréſors.

QUELLE Divinité bienfaiſante & chérie,
A tous les cœurs inſpire une ſi noble ardeur,
Cette intrépidité, cette active induſtrie,
Qui ſoutiennent des Lys la gloire & la ſplendeur ?

C'est toi, fille des Cieux, compagne inséparable
Des vertus, du bonheur, renaiffans fous tes loix;
Divine Bienfaifance, oui, ton regne adorable
Enfante, parmi nous, ces glorieux exploits.

Sur le jeune Héros qu'idolâtre la France,
Peuples, jetez les yeux, contemplez fes bienfaits :
Ah! lorfqu'un Souverain fait aimer fa puiffance,
Quel zele pour fa gloire enflamme fes Sujets!

Ainsi qu'on voit fouvent s'écouler d'une fource,
Par des canaux divers, d'innombrables ruiffeaux
Qui, dans la plaine au loin précipitant leur courfe,
Abreuvent fes tréfors de leurs fécondes eaux.

Ainsi, dans fes Etats, ce Prince magnanime
Etend par-tout le cours de fes bienfaits nombreux;
Et, par ce noble exemple, en tous les cœurs ranime
La tendre Humanité, mere des malheureux.

Son cœur royal, formé par l'augufte Sageffe,
Embraffe avec ardeur cette aimable vertu;
Pour elle il foule aux pieds les fleurs de la Molleffe,
Qui font languir un Roi fous le Sceptre abattu.

Marc-Aurele, Trajan, Titus, ces grands modeles,
De leurs peuples heureux furent-ils plus chéris?
Et jufqu'ici, quels Rois ont été plus fideles
A marcher fur les pas du plus grand des Henris?

PÉNÉTREZ dans le sein de cette Cour pompeuse,
Où brille avec éclat son zele généreux;
Y voit-on le flatteur, de sa bouche trompeuse,
Répandre, dans son cœur, le poison dangereux?

DANS un Conseil formé de Sages respectables,
Avec qui de son Trône il partage le faix,
Voyez-le, constamment par des Loix équitables,
Maintenir dans l'Etat l'harmonie & la paix.

L'INDIGENCE éplorée à sa voix se rassure;
Doux, sensible, il lui tend ses secourables mains;
Il fait fleurir les Loix, les Arts, l'Agriculture,
Ces premiers fondemens du bonheur des humains.

L'IMPIÉTÉ hardie, étouffant son audace,
N'ose plus déployer ses horribles drapeaux:
Du Vice audacieux la vertu prend la place,
Et l'Honneur, qui la suit, couronne ses travaux.

COLONNES de l'Etat, vous, Guerriers redoutables,
Qui courez défier & la foudre & les mers;
Quelle valeur bouillante, en vos cœurs indomptables,
N'a-t-il pas allumé par ses bienfaits divers?

EN vain l'Anglois fougueux, deux fois de sa furie,
Sur notre Pavillon, a fait tomber les coups;
Guidés par un Héros (*), l'honneur de la Patrie,
Orvilliers, Duchaffault, vous brisez son courroux.

_____

(*) Mgr. le Duc de Chartres.

MAIS déjà revenus du champ de la victoire;
LOUIS charmé couronne, à l'aspect des François,
Vos fronts cicatrisés, des palmes de la gloire,
Et par sa bienfaisance égale vos exploits.

PRINCE aimable, jouis des fruits de ta sagesse;
D'un peuple courageux sois à jamais l'honneur;
Et, dans les tendres feux d'une auguste Princesse,
Puise les doux transports d'un suprême bonheur.

TOUS les dons de l'esprit, unis avec les graces,
La rendent l'ornement du plus brillant séjour;
Mais de toute la France, en marchant sur tes traces,
Elle est, comme toi-même, & la gloire & l'amour.

QU'IL est beau de la voir tendre, compâtissante,
De l'indigent qui souffre appaiser la douleur,
Et souvent ranimer la joie attendrissante
Du timide Orphelin qu'elle arrache au malheur!

LE Roi des Cieux a vu, d'un œil de complaisance,
Ces nobles sentimens qui charment tous les cœurs;
Il doit combler enfin le bonheur de la France,
Par le fruit précieux de ses chastes ardeurs.

PEUPLES, rendez à Dieu des graces immortelles,
Sa main, qui conduit tout, forme le cœur des Rois,
Affermit le pouvoir des Nations fidelles,
Et terrasse l'Impie armé contre ses droits.

LA FÊTE
DE SAINT LOUIS,
ODE
EN STANCES VARIÉES.

FRANCE ! reveille - toi. Que les airs retentiſſent
De ces brillans concerts qu'enfantent les tranſports ;
Que la Terre & les Cieux dans ce beau jour s'uniſſent,
Pour célébrer LOUIS par d'immortels accords !

O Pere de nos Rois, Protecteur de la France,
Quelle gloire à jamais couronne ton amour !
Dieu ! permets que mon vol ſe ranime & s'élance
Juſqu'au ſein lumineux du céleſte ſéjour!

TU m'exauces , Dieu ſublime !
Quel tranſport divin m'anime !
Déjà mon front touche aux cieux ;
Les collines, les montagnes,
Les forêts & les campagnes
Diſparoiſſent à mes yeux.

PRÈS de la voûte azurée,
Je pénetre l'Empirée...

Quel éclat étincelant !
Les portes céleftes s'ouvrent,
Et mes yeux enfin découvrent
De Dieu le Palais brillant.

LA divine fplendeur, dont fa face étincelle,
Fait de ce lieu facré la parure immortelle;
De fon Trône éclatant les Anges font l'appui;
Et les Saints, pénétrés d'une vive allégreffe,
    Célebrent fa fageffe,
Dans un profond refpect inclinés devant lui.

LES Rois qui fur la terre étoient fa vive image,
Mille fois plus brillans, viennent lui rendre hommage;
Ils mettent à fes pieds tous leurs honneurs mortels;
Mais le Maître des Rois, en échange, leur donne
    La célefte couronne,
Egalant fa durée aux fiecles éternels.

DIEU ! j'apperçois LOUIS qui s'avance à leur tête :
Par mille chants divers on célebre fa Fête.
Quel fuperbe appareil ! quel éclat lumineux !
Ce jour de fes vertus rappelle la mémoire;
    Il furpaffe, en fa gloire,
Les Héros les plus grands, les Rois les plus fameux.

LE Monarque du Ciel l'éleve fur un Trône;
La foule des bons Rois l'admire & l'environne;

Les Vertus le font voir comme leur Protecteur.
L'Amour pur & facré, la Piété fuprême
　　Forment un diadême,
Qu'ils mettent fur fon chef rayonnant de fplendeur.

　　Tous les chœurs des Anges,
　Uniffant leurs voix,
　Chantent les louanges
　Du plus faint des Rois.
　La trompette fonne,
　Et le Ciel réfonne
　Des concerts divins.
　La douce allégreffe,
　La charmante ivreffe
　Remplit tous les Saints.

　Gloire, honneur, hommage
Au Maître des Cieux,
　Qui d'un Roi fi fage,
　Sa brillante image,
　Guida, vers ces lieux,
　Le cours glorieux.
　Battu par l'orage,
　Sans perdre courage,
　Ce Roi généreux
　Parvint, fans naufrage,
　A ce port heureux.

　Gloire, honneur, hommage
Au Maître des Cieux;

Des cœurs vertueux
Il est l'héritage.
Il comble leurs vœux
D'un torrent de joie,
Et son bras foudroie
L'impie orgueilleux.

A ce céleste chant succede un doux silence.
De ses divins secrets dévoilant la science,
Dieu découvre, aux regards de l'immortel LOUIS,
Le glorieux tableau de la France ravie;
 Et l'image chérie
 De son auguste Fils.

« Je te rends grace, ô Dieu! dit-il, rempli de joie;
» Ta bonté sur ce peuple à jamais se déploie.
» L'aimable Paix préside à ses heureux travaux,
» Tandis qu'autour de lui la Discorde sanglante,
 » Sur la terre tremblante,
 » Agite ses flambeaux.

» ILLUSTRE Réjeton, qu'ici je vois paroître,
» Dans mon cœur enchanté quels transports tu fais naître!
» Le Sceptre est dans tes mains la source des bienfaits.
» Dès l'instant que ton front est ceint de la couronne,
 » Tu deviens, sur le Trône,
 » L'amour de tes Sujets.

» GRAND Dieu! daigne défendre une vertu si pure
» Des pieges dangereux que dresse l'imposture;

» Ecarte loin de lui le menfonge flatteur :
» Qu'il regne par l'amour, plutôt que par la crainte ,
    » Et foit de ta Loi fainte
    » Le puiffant Protecteur ».

L'Eternel, abaiffant un regard favorable ,
Fait lire au Roi pieux, fur fa face adorable,
De ce jeune Héros les glorieux deftins ;
Et des Anges, foudain, les ordres hiérarchiques
    Répetent leurs cantiques
    Et leurs concerts divins.

François, uniffons-nous en ce jour d'allégreffe.
Pleins d'un amour ardent & d'une fainte ivreffe,
Imitons les tranfports des habitans des Cieux,
Et chantons à l'envi le Prince magnanime,
    Dont la vertu fublime
    Frappe & charme nos yeux.

Tel que l'Aigle qui, dans fon aire ,
Eleve & nourrit fes Aiglons,
A l'abri des froids Aquilons,
Et loin du Vautour fanguinaire ;
Objets de fes foins empreffés,
Les yeux fur eux toujours fixés,
Il en eft occupé fans ceffe :
Plein de fes tranfports amoureux,
Il leur prodigue fa tendreffe ,
Ne vit & n'agit que pour eux.

TEL ce Roi, du haut de fon Trône,
Actif, ardent, laborieux,
Inceffamment porte les yeux
Sur le Peuple qui l'environne.
Veillant fans ceffe à fes befoins,
Il lui confacre tous fes foins,
Le chérit, comme un tendre pere :
Prodigue envers lui de bienfaits,
Il ne croit fon regne profpere
Que par les heureux qu'il a faits.

ARBITRE de nos deftinées,
Accorde, à ce Roi bienfaifant,
Un regne long & floriffant ;
Double le cours de fes années.
Heureux les mortels qui, long-tems,
Pourront montrer à leurs enfans
Un Prince fi jufte & fi fage !
Son nom à jamais refpecté,
Cher à tous, ira d'âge en âge,
Attendrir la poftérité.

ÉPITRE A M***.

SUR L'OISIVETÉ DES RICHES.

Quoi! l'étude te charme au milieu des frimats
Qui blanchissent par-tout ces champêtres climats!
L'Aquilon furieux attriste la nature.
Au lieu de ces tapis d'agréable verdure,
Que la terre animée offroit à tes regards,
Tu ne vois que glaçons femés de toutes parts.
Les arbres dépouillés ne prêtent plus d'ombrage,
Les oifeaux engourdis ont ceffé leur ramage,
Et de notre horizon le fôleil écarté,
Ne préfente à nos yeux qu'une pâle clarté.
Quitte enfin ce défert & reviens à la Ville,
Où tu pourras trouver un agréable afyle,
Et, parmi les douceurs de la Société,
Satisfaire à loifir ta curiofité.
Mais quoi! l'efprit toujours captivé par l'étude,
Tu braves la rigueur de l'hiver le plus rude.
Que penferois-tu donc, Ami, fi quelque jour,
Promenant tes regards en ce trifte féjour,
Tu voyois nos Créfus, languiffans de foibleffe,
Sans honte s'abrutir au fein de la molleffe;
Dans un cercle bruyant de plaifirs ennuyeux,
Etouffer des talens le germe précieux;

Et,

Et, préférant à tout leur froide indifférence,
Montrer, avec orgueil, une sotte ignorance?

Si fuyant, comme toi, les plaisirs séducteurs,
Ils connoissoient des Arts les attraits enchanteurs,
De leurs jours languissans ils sentiroient le vuide.
Mais l'indolent repos rend leur ame stupide.
De ces êtres rampans plaignons le triste sort;
Leur vie offre à mes yeux l'image de la mort.
Les Sciences, les Arts, qui dans la France entiere,
Invitent à franchir leur brillante carriere;
Ces écrits immortels, fruits de si longs travaux,
Des Rois, des Nations magnifiques tableaux,
Et tant de faits gravés dans les fastes du monde,
Tout est plongé pour eux dans une nuit profonde.
Ce spectacle pompeux, dont Buffon transporté,
Sous de si nobles traits, a peint la majesté;
Ce superbe flambeau, dont la vive lumiere
Vient frapper tous les jours leur pesante paupiere;
Dans l'ombre de la nuit ces feux étincelans;
L'ordre heureux des saisons, le cours réglé des ans;
Ces essaims d'animaux, enfans de la Nature,
Qui dans son sein fécond trouvent leur nourriture;
Tous les objets frappans, dans l'Univers épars,
Ne peuvent réveiller leurs stupides regards.
Ainsi de sa raison faisant à peine usage,
Le Huron vit au gré de son instinct sauvage.
Sur ce globe, au hasard, relégués dans un coin,
Là leur esprit se borne, & ne va pas plus loin.
Le monde n'est pour eux qu'un réduit solitaire.
Vainement dans leur cœur une voix salutaire

Leur crie inceſſamment: ſois Homme & Citoyen.
Des plus ſacrés devoirs ils rompent le lien.
De la Société détruiſant l'harmonie,
Végétant dans le vice & dans l'ignominie,
Et ſemant dans les cœurs le funeſte poiſon,
Dont l'oiſive Molleſſe infecte leur raiſon;
Ils deviennent pareils à ces plantes immondes,
Qui du bon grain ſemé dans des terres fécondes,
Souillent, de leur venin, la racine & le fruit,
Si le germe fatal n'en eſt bientôt détruit.

QUAND je te vois, Ami, dans le ſein du ſilence,
Redoubler tous les jours ta ſage vigilance,
De la ſimple nature admirer la beauté,
Et puiſer dans l'étude une aimable gaieté;
Et lorſqu'au même inſtant je reporte ma vue
Sur ces lâches mortels, de qui l'ame abattue
Traîne ſes triſtes jours dans un repos honteux;
Que leur ſort envié me paroît malheureux!
Ont-ils jamais connu le bonheur véritable?
L'ennui, l'affreux ennui, ce tyran redoutable,
A leurs ſombres regards ſe montre inceſſamment.
Leur vie eſt un fardeau, leur loiſir un tourment.
Tu connois ce Damon, ſi fier de ſa richeſſe,
Qui, dans de vains plaiſirs, conſume ſa jeuneſſe;
Lorſqu'à ſoi-même enfin ſon cœur abandonné,
De la foule des jeux n'eſt plus environné,
Sa gaieté diſparoît. Tel qu'un ſombre nuage,
Le chagrin ténébreux ſe peint ſur ſon viſage.
Il languit: tout lui peſe. En ſes vœux inconſtant,
Il ſort de ſon Palais, & rentre au même inſtant.

Il détefte du jour la longueur accablante.
Enfin, pour éviter l'ennui qui le tourmente,
Il tombe fur un lit, bâille, & veut s'endormir :
Mais quel objet nouveau foudain le fait frémir !
Les defirs effrénés s'emparent de fon ame,
Allument dans fes fens leur criminelle flamme,
Et fon cœur, au remords dès cet inftant livré,
Par ce cruel vautour fans ceffe eft dévoré.

MORTELS efféminés, amans de la molleffe,
Etalez avec fafte une vaine richeffe ;
Appellez à l'envi, dans un fallon pompeux,
Les folâtres effaims des Plaifirs & des Jeux ;
Avec de faux amis plongés dans les délices,
Avalez, à longs traits, le noir poifon des vices.
Dans les amufemens d'un fi honteux loifir,
Penfez-vous donc trouver le germe du plaifir ?
Ah ! cherchez à tromper l'imbécille ignorance,
Dont l'œil eft ébloui d'une vaine apparence,
Et ne pénetre pas, fous ce voile impofteur,
L'invincible dégoût qui remplit votre cœur.
Le mortel vertueux, que la Sageffe éclaire,
Ecarte ce brillant qui féduit le vulgaire ;
Et tandis que le fot vous place au rang des Dieux,
Toute votre mifere eft préfente à fes yeux.
Mais fi fubitement la Fortune volage,
Par un retour fâcheux, détourne fon vifage ;
Languiffan , abattus, confternés à la fois,
Comment de ce revers foutiendrez-vous le poids ?
Votre ame, à la douleur toujours inacceffible,
Bravant l'adverfité, vivra-t-elle paifible ?

B ij

Votre cœur, amolli dans le fein du bonheur,
Saura-t-il oppofer le courage au malheur ?
Le défefpoir alors fera votre partage.
Abhorrant le travail, qui confole leSage ;
De vos lâches amis bientôt abandonnés,
Rampans dans la baffeffe, aux vices adonnés ;
Tourmentés, dévorés d'une foif importune
De recouvrer les dons de l'ingrate Fortune,
Et l'obftacle fans ceffe irritant vos defirs ;
Vous maudirez enfin vos coupables plaifirs.

LA Molleffe, dit-on, au milieu des délices,
Si-tôt qu'elle fut née, enfanta tous les Vices.
C'eft la Fortune auffi qui lui donna le jour ;
Et pour finir enfin, par un léger détour,
Je vais te raconter, en fable allégorique,
De ces Divinités l'origine authentique.

DANS cet âge fameux, dont Virgile & Ségrais
Ont tracé, dans leurs vers, de fi brillans portraits ;
Quand, du Luxe ignorant l'orgueilleufe impofture,
Chacun fuivoit les loix de la fimple nature,
Les biens étoient communs, & les hommes égaux
Couloient des jours heureux dans le fein des travaux.
Sous le chaume habitaient, fans craindre la licence,
La Modération, la Paix & l'Innocence.
On ne voyoit alors ni Seigneur, ni Fermier :
Le Maître étoit celui qui prenoit le premier.
Le nombre des mortels s'augmentant davantage,
Il fallût à la fin en venir au partage.
Alors on vit paroître une Divinité,
Que fuivirent d'abord l'Orgueil, la Vanité ;

Careſſante, enjouée, aimable en apparence,
Elle porte en tous lieux ſa volage inconſtance,
Et cache, ſous les traits d'une feinte douceur,
D'un cœur faux & cruel l'hypocrite noirceur.
On la nomma *Fortune*, Errante & vagabonde,
Avec peine à ſon culte elle attiroit le monde.
Enfin laſſe de voir ſi long-temps les Mortels
Contre elle prévenus, dédaigner ſes autels,
Dans le pays voiſin du Pactole rapide,
Elle fouille la terre, & d'une main avide,
En tire l'Or caché juſques-là dans ſon ſein.
Chez la race mortelle elle vole ſoudain,
Et faiſant rayonner, aux traits de la lumiere,
De ce tréſor fatal la brillante matiere,
Frappe, étonne, éblouit tous les foibles humains.
Elle prodigue aux uns cet or à pleines mains,
A tous les autres fait les trompeuſes promeſſes
De les combler auſſi de pareilles largeſſes.
Dès-lors chacun ſéduit par l'appas ſuborneur,
Régla ſur ce métal la richeſſe & l'honneur;
Bientôt pour ſubſiſter il fut l'unique voie,
Et, marqué par le fer, il parut en monnoie.
L'Orgueil alors, chaſſant la douce Egalité,
Introduiſit par-tout rang, charge, dignité;
La Fortune à ſon gré fit pencher la balance,
Et la Miſere enfin gémit ſous l'Opulence.
Le Riche ſe bâtit des Palais ſomptueux;
Sans ceſſe environné d'un éclat faſtueux,
Regardant le travail comme un dur eſclavage,
Et mollement traîné dans un riche équipage,

D'un tranquille repos il chercha les douceurs,
Et de l'homme indigent acheta les fueurs.
Ainfi, croiffant toujours en langueur, en foibleffe,
La Fortune enfanta l'indolente Molleffe.
Cette fille à fon tour vit naître dans fon fein,
Des Vices effrontés le formidable effaim ;
Impétueux enfans, dont la fureur cruelle
Lui déclara d'abord une guerre éternelle ;
Et qui, donnant naiffance aux Remords déchirans,
De fes jours malheureux devinrent les tyrans.
Alors la douce Paix, effrayée & tremblante,
Quitta cette demeure affreufe & turbulente,
Et fixa fon féjour dans les humbles hameaux,
Qu'habitent ces mortels endurcis aux travaux ;
Qui, fans éclat, fans fafte, amis de la Nature,
Chériffent conftamment les Arts & la Culture.

EPITRE
A UN CRITIQUE IMPARTIAL.

Toi, que la raison guide & le savoir éclaire,
Qui maintiens du bon goût la regle salutaire
Contre tant d'Ecrivains, ses mortels ennemis;
    Dis-moi, sans être téméraire,
En ce siecle superbe est-il encor permis
D'aller, loin des sentiers battus par le Vulgaire,
Conquérir les lauriers par Apollon promis?
Des Boileau, des Rousseau peut-on suivre les traces,
    Et, dans le champ cultivé par les Graces,
    Cueillir des fleurs sur les pas de Bernis?
Par les accords brillans des Maîtres de la Lyre,
Je me sens enflammé d'une invincible ardeur;
Suivrai-je les accès de ce bouillant délire,
Qui me rend follement jaloux de leur grandeur?
    Mais tandis que chacun aspire
    Au titre glorieux d'Auteur,
Que le faux goût paré d'un attrait séducteur,
    Par-tout établit son empire,
A quel prix mériter cet immortel honneur?
Aujourd'hui, je le vois, l'heureux talent d'écrire
    Est l'Art d'amuser un Lecteur,
    Qui se laisse aisément séduire
Par le vernis brillant d'un langage imposteur.

Un Poëte est ravi s'il peut se faire lire ;
Mais quel est son secret ? Il outrage & déchire
  La raison & la vérité ;
  Surchargé la simple Nature
  D'une éblouissante parure ;
 Met dans sa bouche un jargon affecté.
  Pour trouver le *Charmant*, le *Rare*,
Et d'un sel délicat la piquante beauté,
 Il substitue à la simplicité
De mots outrés, bruyans, l'accouplement bizarre,
 Et la fadeur à la naïveté.
  Amant de la frivolité,
  Son esprit volage préfere
Une gloire factice, un éclat éphémere
Au solide mérite, à l'immortalité ;
  Tel que la lueur passagere
De ces feux, qu'on voit naître en l'ombre de la nuit,
  Dont la flamme vive & légere
  Paroît, brille & s'évanouit.
Dans ce nombre effrayant d'Auteurs de toute espece,
Qui sans cesse au grand jour produisent leurs Ecrits,
Il est encor, je sais, de sublimes esprits,
Qui de l'Art d'Apollon soutiennent la noblesse :
Je vois encor aux lieux, qu'arrose le Permesse,
Le sage Pompignan parmi ses Favoris.
Mais ce bonheur peut-il ranimer ma foiblesse ?
Entre mille, peut-être, un seul se voit admis.
Souvent dans les accès d'une ardeur indiscrette,
Quand je veux élever mon vol ambitieux,
  Tout-à-coup une voix secrette

           Me

Me crie : arrête, audacieux ;
Sais-tu que l'Aigle seul peut voler jusqu'aux Cieux?
Quoi ! tu veux, aveuglé d'une vaine manie,
T'élancer fur les pas de ces Maîtres fameux ?
     Du Ciel as-tu reçu, comme eux,
La force de l'efprit, la grandeur du génie ?
Connois-tu d'Hélicon les fentiers tortueux?
Vois ces rochers gliffans, cette hauteur fublime,
     Si fatale aux Préfomptueux,
     Et crains de tomber dans l'abîme.
En ce fiecle éclairé, mille efprits orgueilleux
Ont tenté, comme toi, ce projet périlleux.
     Leur folle & téméraire audace
Déjà fe déployant fur leurs fronts fourcilleux,
Ils fe croyoient montés au fommet du Parnaffe ;
Les fameux Succeffeurs de Pindare & d'Horace
    Sembloient devoir fe courber devant eux.
     Mais bientôt leur troupe hautaine
     Tomba fans force & fans haleine,
Et couverte à jamais d'un opprobre honteux.
Depuis les jours brillans où les Sœurs immortelles,
Sous un Prince fameux, formoient les grands modeles,
     Elles ont vu leurs Nourriffons,
Ivres d'un fol orgueil, prefque toujours rebeles
A la févérité de leurs fages leçons ;
Deux ou trois feulement ont élevé leurs aîles
     Jufqu'au fommet du double Mont.
     Les autres fans frein & fans guide,
Emportés par le feu d'un penchant trop avide,
     Ou dans leur effor vagabond,

                            C

Sans aucun goût fixe & folide,
Ayant du léger Papillon
L'humeur inconftante & volage,
Reftent toujours au même étage,
Ou fe traînent au bas de ce facré Vallon.

CROIS-TU qu'une leçon fi févere & fi fage,
   Du plus intrépide courage
Ne doive pas foudain amortir les efforts?
   Vingt fois commençant un Ouvrage,
Cette fatale voix vient glacer mes tranfports.
   Fixes donc ma Mufe incertaine ;
Apprends à mon efprit à régler fes effors ;
D'un feul mot encourage ou réprime ma veine :
Une regle pour toi, c'eft la Sincérité,
Généreux Ariftarque, à mes regards, fans peine,
   Tu montreras la Vérité.

F I N.

Lu & approuvé ce 23 Août 1779, DE SAUVIGNY.

Vu l'Approbation, permis d'imprimer le 23 Août 1779,
                                    LE NOIR.

www.ingramcontent.com/pod-product-compliance
Lightning Source LLC
Chambersburg PA
CBHW061633180626
46818CB00005B/2361